베스트 한국 전래 동화 05

선녀와 나무꾼

글 김주현 | 그림 김제진

아주 오랜 옛날의 일이에요.
한 마을에 나무꾼이 살았어요.
나무꾼은 홀어머니를 모시며
부지런히 일했지요.
마음씨 착한 나무꾼은 산 속
동물들도 좋아했어요.

어느 날, 나무꾼이 산 속에서
나무를 하고 있을 때였어요.
사슴 한 마리가 헐레벌떡 뛰어오더니
나무꾼에게 다급한 목소리로 말했어요.
"아저씨, 저 좀 숨겨 주세요!
사냥꾼이 저를 잡으러 쫓아와요!"
"어서 저기에 숨어라."
나무꾼은 뒤쪽 수풀을 가리켰어요.
사슴은 얼른 수풀 속으로 들어갔어요.

조금 뒤에 사냥꾼이 뛰어왔어요.

"방금 이 쪽으로 도망친 사슴을 못 보았소?"

나무꾼은 태연하게 말했어요.

"아, 그 사슴요? 저 아래로 도망갔어요."

사냥꾼은 주위를 둘러보더니 나무꾼이 말한 쪽으로 뛰어갔어요.

"자, 이제 나오렴."

사냥꾼이 가고 보이지 않자 나무꾼이 사슴에게 말했어요.

9

"고맙습니다. 대신 소원을 들어 드릴게요."
사슴은 은혜를 갚겠다며 소원을 물었어요.
"그래? 내 소원이야 예쁜 색시와 결혼하는 거지."
그러자 사슴이 말했어요.
"보름달이 뜨면 산꼭대기 연못으로 가 보세요.
선녀들이 날개옷을 벗어 놓고 목욕을 하고 있을 거예요.
그 때 날개옷을 하나만 감추세요. 그러면 선녀는 하늘로
올라가지 못하고 결혼을 하게 될 거예요.
아이 셋을 낳을 때까지는 날개옷을 보여 주면 안 돼요."

드디어 보름달이 뜨는 날이 되었어요.
나무꾼은 산꼭대기에 올라가 연못 옆에 숨었어요.
"어, 정말이네?"
보름달이 떠오르자 하늘에서 선녀들이 내려왔어요.
"햐, 정말 예쁘다!"
선녀들은 날개옷을 벗어 나뭇가지에 걸었어요.
그리고는 연못에 들어가 목욕을 하기 시작했어요.
"호호호!"

13

14

나무꾼은 얼른 날개옷 하나를 감추고 다시 숨었어요.

달이 기울자 선녀들이 연못에서 나왔어요.

선녀들은 날개옷을 입었어요.

하지만 막내 선녀는 날개옷을 못 찾아

발만 동동 굴렀어요.

"저런, 어쩌지? 조금 있으면

하늘 문이 닫힐 텐데⋯⋯. 잘 찾아 보렴."

선녀들은 막내만 남기고 하늘로 올라갔어요.

혼자 남게 된 막내 선녀는 눈물을 흘렸어요.
"저, 선녀님. 이 옷을 입으세요."
그 때 나무꾼이 미리 준비한 옷을 선녀에게 내밀었어요.
"이 옷으로는 하늘로 올라갈 수 없어요. 흑흑!"
선녀는 옷을 입으면서도 울음을 그치지 않았어요.
"나랑 같이 살아요. 내가 행복하게 해 줄게요."
선녀는 한참 나무꾼을 보더니 가만히 고개를 끄덕였어요.

18

나무꾼과 선녀는 동물들에게 둘러싸여 결혼식을 올렸어요.
"우리 며느리, 예쁘기도 하지."
나무꾼의 어머니는 선녀를 바라보며 흐뭇해했어요.
사슴은 벙글거리는 나무꾼에게 다가가 귓속말을 했어요.
"아저씨, 잊으면 안 돼요. 아이 셋 낳기 전에는
절대로 날개옷을 보이지 마세요."
"알았어, 걱정하지 마."
나무꾼은 대답을 하면서도 선녀만 바라보았어요.

선녀를 아내로 맞은 나무꾼은 전보다 더 부지런히 일했어요.
"나랑 결혼해 주어서 고마워요."
나무꾼은 선녀를 무척이나 사랑했어요.
"저를 아껴 주어서 고마워요."
선녀도 나무꾼을 사랑했지요.
선녀와 나무꾼은 그렇게 살면서 두 아이를 낳았어요.

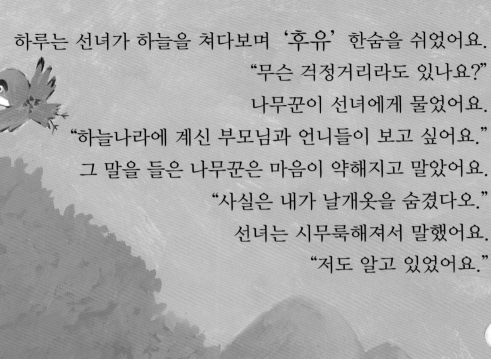

하루는 선녀가 하늘을 쳐다보며 '후유' 한숨을 쉬었어요.
"무슨 걱정거리라도 있나요?"
나무꾼이 선녀에게 물었어요.
"하늘나라에 계신 부모님과 언니들이 보고 싶어요."
그 말을 들은 나무꾼은 마음이 약해지고 말았어요.
"사실은 내가 날개옷을 숨겼다오."
선녀는 시무룩해져서 말했어요.
"저도 알고 있었어요."

선녀는 눈물을 흘리며 애원했어요.
"서방님, 날개옷을 한 번만 입게 해 주세요."
마음씨 착한 나무꾼은 할 수 없다는 듯
날개옷을 가져다 주고 말았어요.
"아, 내 날개옷!"
선녀는 날개옷을 입더니 두 아이를 안았어요.
그리고는 두둥실 하늘로 날아올랐어요.
"여보, 돌아와요!"
나무꾼이 소리치며 따라갔지만,
선녀는 점점 더 멀어졌어요.

나무꾼은 깊은 슬픔에 잠겼어요.
"왜 내 말을 듣지 않았나요?"
어느 날 사슴이 찾아와 말했어요.
"보름달이 뜨면 산꼭대기 연못에 두레박이
내려올 거예요. 그 두레박을 타고 오르면
선녀님과 아이들을 만날 수 있답니다."

나무꾼은 연못으로 갔어요.
보름달이 뜨자, 정말로 하늘에서
커다란 두레박이 내려왔어요.
선녀들이 쓸 목욕물을 긷는 것이었어요.
나무꾼은 얼른 두레박에 올라탔어요.

하늘나라로 올라간 나무꾼은
선녀와 아이들을 만나 행복하게 지냈어요.
하지만 다시 슬픔에 잠겼어요.
"혼자 계신 어머니를 생각하니 마음이 아파요."
선녀도 나무꾼의 슬픔을 알 것 같았어요.
그래서 나무꾼에게 날개가 달린 용마를 구해 주었어요.
"이걸 타고 어머니를 뵙고 오세요.
하지만 절대로 말에서 내리면 안 돼요."
나무꾼은 용마를 타고 집으로 가서 어머니를 만났어요.

어머니는 아들을 보자 눈물을 흘리며 기뻐했어요.

그리고는 마침 쑤어 둔 호박죽을 떠 가지고 왔어요.

"애야, 네가 좋아하는 호박죽 좀 먹고 가렴."

"앗, 뜨거!"

나무꾼은 호박죽을 받다가 그만 용마에서 떨어지고 말았어요.

"히히히힝!"

용마는 깜짝 놀라며 하늘로 날아가 버렸어요.

"용마야! 돌아와!"

나무꾼이 소리쳤지만 용마는 돌아오지 않았어요.

그 뒤로 나무꾼은 선녀와 아이들이 보고 싶어

매일 하늘을 보며 울었대요. 죽은 뒤에도

수탉이 되어 하늘을 보며 울었대요.

선녀와 나무꾼

내가 만드는 이야기

아이들이 들려 주는 이야기를 들어 본 적이 있나요?

그 이야기 속에는 아이들의 무한한 상상력과 창의력이 담겨 있음을 발견하게 될 것입니다.

번호대로 그림을 보면서 앞에서 읽었던 내용을 생각하고,

아이들만의 상상력과 창의력이 표현된 이야기를 만들어 보게 해 주세요.

선녀와 나무꾼

선녀와 나무꾼

〈선녀와 나무꾼〉은 〈노루와 나무꾼〉 〈사슴을 구해 준 총각〉 〈선녀의 깃옷〉 〈수탉의 유래〉 〈닭이 높은 데서 우는 유래〉 〈은혜 갚은 쥐〉 〈쥐에게 은혜 베풀어 옥황상제 사위 된 이야기〉 〈금강산 선녀 설화〉 등으로도 불리며 여러 지역에서 찾아 볼 수 있는 이야기입니다. 이 설화는 한국을 비롯한 세계 여러 나라 사이에도 널리 퍼져 있는데, 중국에서는 〈혹녀 전설〉, 일본에서는 〈우의 전설〉로 불리며 서구에서는 〈백조 처녀〉로 알려져 있습니다.

〈선녀와 나무꾼〉이 주는 가장 큰 교훈은 '약속' 일 것입니다. 목숨을 구해 준 나무꾼의 소원을 들어 주기 위해서 사슴은 선녀와 결혼할 수 있는 방법을 알려 주지요. 그리고 선녀가 아이를 셋 나을 때까지는 날개옷을 보여 주지 말라고 합니다. 선녀의 날개옷을 감추는 일의 정당성에 대해서는 생각해 보아야 합니다. 나무꾼이 자신의 행복을 위해 선녀의 날개옷을 감춘 것이 잘한 것인지 아닌지에 대해서 친구들과 같이 이야기를 나누어 보면 어떨까요?

▲ 정읍사 문화제에서 전통적인 선녀 복장을 하고 물을 뜨고 있는 '7선녀 채수 행사' 장면.

마음 약한 나무꾼은 아내의 슬픔을 알게 되자 결국 날개옷을 보여 주고 말지요. 그럼으로써 아내와 아이들 모두를 잃게 됩니다. 그러나 평생 동안 선녀에게 날개옷을 보여 주지 않고 그냥 살았다면 나무꾼은 과연 행복했을까요? 사랑하는 사람을 잃고 싶지 않은 마음과 사랑하는 사람의 슬픔을 보고만 있을 수 없었던 마음, 둘다 선녀를 몹시도 사랑하기 때문에 겪어야 했던 나무꾼의 고통이라고 생각됩니다. 선녀와 아이들을 다시 만난 나무꾼이 홀로 남으신 어머니 생각에 용마를 타고 내려왔다가 다시 올라가지 못하게 되는 결말은 참으로 안타깝습니다.